你今天拉拉熊了嗎？

理所當然地　起床
理所當然地　吃飯
理所當然地　工作

理所當然地　歡笑

理所當然地　回家
理所當然地　洗澡
理所當然地　躺進被窩睡覺

今天跟昨天差不多

明天跟今天差不多

與往常差不多的明天　也理所當然地會來到

將看似理所當然的　理所當然

重新審視　好好珍惜

今天已經悄悄地
抓著你的耳朵睡著了

暖烘烘時間

～拉拉熊的生活9～

拉拉熊和他周圍的人們

拉拉熊

拉拉熊四格漫畫也順利出版了，
各位也可藉此多見識見識
熊熊們的日常生活。
雖然這麼說，
漫畫的內容卻不是吃東西就是睡覺，
好像也沒啥新鮮事……。

小薰

就算在外發生什麼不開心的事情，
小薰也不會將壞情緒帶回家。
不對！應該說那些不開心的事，
或許一路跟著她回家。
但在打開家門那一刻，什麼都變得無所謂了。
也可能是，因為小薰年歲漸長的緣故吧！

小黃雞

「祝小黃雞越來越幸福！」
類似這些內容的信件近來如雪片般飛來。
早晚忙著做家事、忍受牛奶熊的惡作劇，
還有每天不間斷的小儲蓄，
都是牠的小小幸福……。
天底下的媽媽們，大概也是如此吧。
雖然小黃雞並不是熊熊們的媽媽。

牛奶熊

出乎意料地積極，出乎意料地頑皮，
出乎意料地壞壞，出乎意料地隨便……。
牛奶熊的內外形象，真是
出乎意料地天差地別。
不過，他也有
如外表那般愛哭和愛撒嬌的一面。

這本書的讀法

本書收錄拉拉熊懶懶的每一天
還有自言自語的每句話

一頁一頁地看很有趣

也可閉上眼睛
隨意翻開自己喜歡的頁面
看看拉拉熊留給你什麼訊息喲

前進不了　也無所謂

任其漂流…

從遠處眺望
走近看　是不同的

啊頭髮
不是吧

這不就意味著
有人在為我費心

今天被窩暖呼呼……

不假思索地為人伸出援手

偷偷地

火災現場的熊力

吱吱吱。。。
喔喔—

沒關係　總有
辦法解決

沙沙沙…

休息 和 停止 是不同的

恍神~~
沒啥不同

要找的東西出乎意料地近在眼前

找不到

時而打開耳朵　時而關上耳朵

開關自如
轉
轉

重要的事物沒有消失
只是換個形狀

用破衣服做的唷

想做的事　年年都不同

想做的事
現在就動手

也需要被罵的角色唷⋯⋯

站不住　就休息到能站為止吧

不用急

造成大家的困擾囉

嗚ー

就算不了解
想像一下也可以

首先　先暖和一下裡面

不是逃走
只是繞點路

繞道而行!!

要加分　真不容易

很努力喔…

如果沒有無所事事的一天
還真不知道
每天都在忙些什麼呢

越來越髒了…
到底懂不懂什麼叫感恩哪！

雨後　就會出現彩虹

偶爾盡情享受自己喜愛的事物

話語是有
「顏色」和「溫度」的喔

砰
熱熱的⋯⋯
紅色的聲音⋯⋯

現在站著的地方
不是別人的　是自己的

然後是
我最重要的
午睡組合

沒留意沒關係　用心
就夠了

嗯ー謝啦…

是否白費力氣　現在說不準

總要
先試試再說

動起來或許會發生意想不到的事

偶爾將「正確」放一旁　先選擇「開心」吧

以後再說
以後再說

真雞不露相

深信不疑　有損失嗎？

咦……
透視?!

哭吧　笑吧　生氣吧　讓心情舒暢吧

哭累了……呼嚕—
呼嚕—

換個日子
聽起來會有不同感受

今晚連音樂
聽起來都不一樣

就算力量再小　力量還是力量

總有一天會恢復精神
到時候再做就行了

現在…
請你安心靜養…
燙—
嗯—…

能改變自己的只有自己

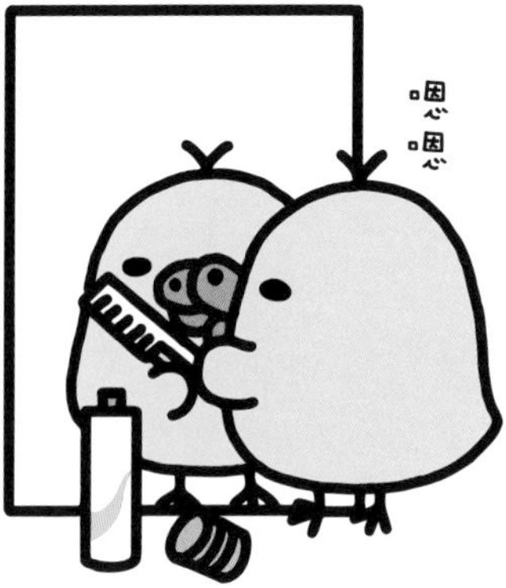
嗯嗯

空空如也　是開始的信號

我要倒囉ー
YUMMY

自己動不了　就找人來搬吧

哪兒我都去得了
只要你肯出手幫忙

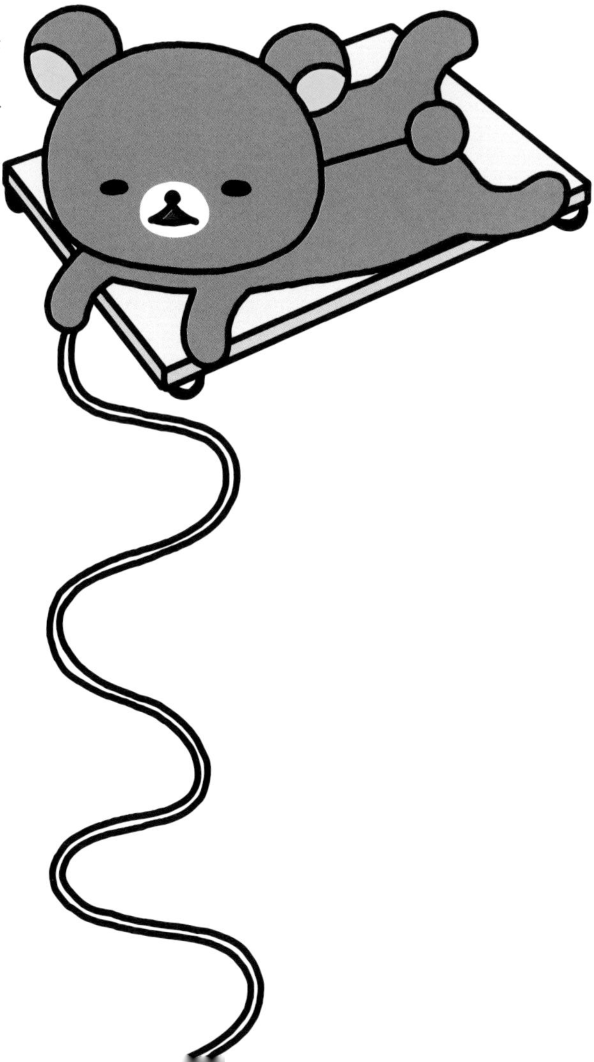

不遠的未來或許看不清
但或許能看得見遠一點的未來

發呆把時間都吃光了呢

該吃晚餐了吧…
咕嚕嚕嚕

眼淚 偶爾也得用上

視而不見嗎？

總而言之 先吃吧
來點好吃的東西

留了一份
給你

或許只有自己覺得辦不到

變乾淨
變乾淨
變乾淨!!
Wash!

重要且貴重的理所當然

今天也非常
好吃

意想不到的地方竟開出朵花兒

有事嗎?

起步走的時機
自己說了算

等…

對別人來說　或許不重

分享的幸福　獨享的幸福

穿過雲層就是藍天喔

滿溢傾洩而下的碎碎話　是內心的能量釋放

挖個洞
埋起來吧

不丟出去　就永遠到不了

第一投…
那是擤鼻涕的衛生紙吧

看不懂地圖的話
找別人幫忙看也是個辦法

也可能
一起迷路

喘口氣！

哈啊～
我要把氣吐光光!!

發聲　行動
終將引起注意

收到這個了…
你到底想說什麼
PREMIUM
MILK

關上不安
也無法解決

不放出來可不行

只要根扎得夠穩固　就拔不出來唷

光看外表
真看不出來
是什麼呢

待會兒的事待會兒再傷腦筋

喀滋
喀滋
喀滋
喀滋
不准打開!!

不如想簡單些

兩個都一起吃了嘛
嗯嗯

一個勁兒地往前看
或往後看　都看不見
站在旁邊的人

have a good 被窩！

感恩的第9集…!!
拉拉熊的生活隨著本集出版堂堂邁入第9集了…
感謝再感謝…
喔喔…
噹啷！
↑販售品
說到這，我家有2隻「拉拉熊絨毛布偶」
拍照亮相了…
喀//
↑樣品
二女兒把樣品布偶據為己有…
那一隻明明是媽媽的…
哇(我)ㄟ!!
2歲 喜歡花枝和水
樣品‥沒有!!
販售品有…(縫得有些歪歪扭扭的‥)
兩個差不多一樣
最大的差別是一個有標籤，一個沒有。
髒…
她好像並不是用有無標籤來區別…
不是這個
啪
對妹妹的熊熊
很凶…
熊熊睡搞糕
大家家裡的熊熊也各擁有著屬於自家的樣貌吧…
…我如此以為在今天的這個時刻…